MÉMOIRE

POUR

S. A. S. MONSEIGNEUR LE DUC D'ORLÉANS,

Demandeur;

CONTRE LE SIEUR JULLIEN, Défendeur.

QUESTION.

La vente, entre particuliers, d'un apanage, inaliénable de sa nature, faite sans autorisation ni sans mandat spécial de la part du titulaire, peut-elle être regardée comme valide?

MÉMOIRE

POUR

SON ALTESSE SÉRÉNISSIME

MONSEIGNEUR LE DUC D'ORLÉANS,

Demandeur.

CONTRE le sieur *JULLIEN,* Défendeur.

QUESTION.

La vente, entre particuliers, d'un apanage, inaliénable de sa nature, faite sans autorisation ni sans mandat spécial de la part du titulaire, peut-elle être regardée comme valide ?

Tel est le sujet de la contestation qui s'est élevée entre S. A. S. Mgr. le duc d'Orléans et le sieur Jullien, acquéreur de la partie du Palais-Royal où est située la salle de spectacle, dite le *Théâtre Français.* Cet emplacement faisoit partie de l'apanage de Louis-Philippe-Joseph duc d'Orléans, père de S. A. S. La loi du 6 avril 1791, qui prononçoit la suppression des apanages, exceptant de la disposition générale le Palais-Royal, conserva cette propriété, au même titre, entre les mains du Prince. La vente de cette propriété inaliénable, effectuée quelques jours avant la mort du titulaire, avant la confiscation de ses biens, en vertu d'une pré-

1

tendue procuration , signée *entre deux guichets*, qui ne s'appliquoit pas même à l'objet vendu , vente où le Gouvernement, existant a cette époque , ne prit aucune part active , et qui avoit pour but de satisfaire des créanciers réunis par un concordat ; une telle vente , disons-nous , n'est-elle pas soumise aux mêmes conditions, aux mêmes exceptions que les contrats ordinaires du même genre? S'il y a eu erreur , volontaire ou involontaire , si les formes de la vente ont été irrégulières , si les mandataires ont excédé leurs pouvoirs , ou même étoient sans pouvoirs , enfin si le titre primitif est frappé de nullité, la vente peut - elle être considérée comme valide ?

En exposant ainsi rapidement les circonstances de l'aliénation du *Théâtre Français* , on n'a d'autre but que de repousser, dans le principe, une fausse imputation , industrieusement répandue, et qui tendroit à faire considérer comme vente *nationale* , une adjudication faite par des particuliers , entre particuliers , et pour des intérêts privés ; on ne voit rien dans cette adjudication qui puisse la soustraire aux conditions légales , et à la règle commune: point de confiscation de la chose vendue ; nulle loi qui altérât son caractère d'inaliénabilité; nul concours actif de l'administration ; nulle confirmation légale de la vente ; rien de ce qui constituoit dans ces temps agités , les aliénations des biens regardés comme nationaux.

Qui pourroit croire en effet qu'un Prince dont le respect pour les lois constitutionnelles n'a jamais été mis en doute, qui a toujours vu dans la Charte le plus noble résultat du progrès des lumières , le plus grand bienfait de son auguste auteur , et le plus solide appui de sa royale dynastie , eût jamais consenti à attaquer le principe de l'inviolabilité des ventes de biens nationaux , principe qui garantit l'avenir des orages du passé, qui met un terme aux agitations intestines, et auquel on ne pourroit porter atteinte sans remuer les fondemens de l'Etat ?

Une telle supposition, repoussée par le caractère de S. A. S. , et par tous les faits de la cause, est inadmissible.

D'où viennent donc les rumeurs qui circulent dans le public relativement à la nature de cette cause? Il est facile d'en expliquer le motif et d'en indiquer le but. On a voulu d'abord faire naître des doutes dans l'esprit du Prince ; lui inspirer la crainte d'une opinion redoutable et menaçante, et le porter à sacrifier, à des considérations purement personnelles, un grand intérêt dont il n'est que le dépositaire ; car dans cette cause importante, il s'agit non-seulement de ses droits, mais de ceux de l'État, puisque les propriétés dont il jouit, à titre d'apanage, sont reversibles à la Couronne. En donnant ainsi une fausse couleur à cette contestation, on a voulu de plus égarer l'opinion publique, pénétrer, s'il est possible, jusqu'à la conscience des Magistrats, leur inspirer des scrupules, et détourner leur attention du véritable objet de la cause.

Un propriétaire, qui sauroit que son titre de propriété est inattaquable, auroit-il recours à de pareils moyens? Plein de confiance dans l'autorité des lois, dans la droiture de ses juges, il ne s'efforceroit point de présenter, comme vente nationale, une aliénation faite au profit de quelques individus. Ces tentatives, dont le seul but est d'imprimer à sa cause un caractère qu'elle n'a pas, doivent déjà donner lieu à de fortes présomptions contre la validité de ses prétentions.

Ce n'est qu'après avoir mûrement examiné la question ; après des discussions approfondies et réitérées, et d'après l'avis raisonné et unanime de son conseil, que S. A. S., convaincue de la justice de sa demande, assurée qu'elle étoit étrangère au principe de l'inviolabilité des ventes de biens nationaux, s'est décidée à la soumettre à la décision des Tribunaux. Il s'en rapporte aux lumières, à l'équité des Magistrats qui, prononçant d'après des règles invariables, ne voient dans les personnages les

1 *

plus élevés par leur rang ou par leur naissance, que de simples citoyens soumis au pouvoir inflexible des lois.

Avant de procéder à l'exposé des faits, qui ne laisseront aucun doute sur la nature de la cause et sur la justice des réclamations de S. A. S., il est encore utile d'observer que tous les moyens équitables d'arrangement ont été vainement mis en usage depuis trois ans, pour éviter une discussion devant les Tribunaux. Les propositions faites au sieur Jullien ont même surpassé tout ce qu'il pouvoit attendre du désir de S. A. S. de concilier leurs intérêts réciproques. Nulle concession, nul bénéfice raisonnable n'ont pu déterminer le sieur Jullien à se prêter de bonne foi aux voies de conciliation. Séduit par des conseils imprudens, il compromet des avantages positifs pour soutenir une prétention qui ne repose sur aucun titre réel.

FAITS.

Le cardinal de Richelieu, jaloux de perpétuer la gloire de son ministère par des créations de tout genre, fit construire, en 1629, un palais qui prit le nom de *Palais-Cardinal*, aujourd'hui le Palais-Royal. Dans l'année 1636, ce Ministre voulant mettre ce beau monument à l'abri des caprices des hommes et de la fortune, en fit donation au roi Louis XIII, qui l'accepta. Cet acte de donation entre vifs, passé devant Parque, notaire à Paris, fut confirmé par une clause du testament de Richelieu, ainsi conçue : « Je déclare que, par contrat du 6 juin 1636, j'ai » donné à la Couronne mon grand hôtel que j'ai fait bâtir sous » le nom de Palais-Cardinal, ma chapelle d'or enrichie de dia- » mans, mon grand buffet d'argent ciselé, et un grand diamant » que j'ai acheté de Lopès. Toutes lesquelles choses, le Roi a eu » agréable par sa bonté d'accepter, à ma très-humble et très- » instante supplication, que je lui fais encore par ce présent » testament, et d'ordonner que le contrat soit exécuté en » tous ses points. »

La donation comprenoit le palais, les bâtimens et les jardins qui en étoient les dépendances nécessaires. Après la mort du Cardinal-Ministre, Louis XIII vint habiter le Palais Royal qui se trouva irrévocablement réuni au domaine de la Couronne. Il servit aussi de résidence à Louis XIV dans les premières années de sa minorité.

C'est ainsi que le Palais-Royal et ses dépendances furent saisis de la qualité de domaine inaliénable (1), qualité qu'ils n'ont jamais perdue et qui est inhérente à la propriété.

Nous disons que cette qualité n'a jamais été perdue; car on ne peut regarder comme une distraction du domaine la cession du Palais-Royal, *en augmentation d'apanage*, faite par Louis XIV, au profit de Philippe, fils de France, premier duc d'Orléans, son frère unique.

Les lettres-patentes de cession énoncent « que c'est pour jouir » dudit palais, aux mêmes droits, autorités et priviléges que du » surplus de son dit apanage, conformément à l'édit du mois de » mars 1661. » On sait que les propriétés apanagères reversibles à la Couronne étoient régies par les mêmes lois que les autres propriétés domaniales.

Les lettres de cession furent enregistrées au Parlement le 13 mars 1693. Depuis cette époque, les Princes de la Maison d'Orléans ont fait à ce Palais un grand nombre de réunions et d'embellissemens.

La salle de spectacle qui avoit été élevée par les soins du cardinal de Richelieu, ami et protecteur des arts, ayant été détruite

---

(1) Il étoit de principe que les biens du Domaine de la Couronne ne pouvoient être aliénés, ou du moins qu'on ne pouvoit en faire aucune aliénation que suivant des formalités particulières. Il falloit des lettres-patentes enregistrées en Parlement; encore l'aliénation étoit-elle révocable.

par un incendie en 1763, Louis-Philippe duc d'Orléans, aïeul de S. A. S., en ordonna et en fit exécuter la reconstruction.

En 1780, le même Prince transmit par donation, le Palais-Royal, à Louis Philippe-Joseph son fils, alors duc de Chartres. Le donataire, suivant l'exemple de ses prédécesseurs, ne négligea aucun des moyens qui pouvoient rendre sa nouvelle résidence ce qu'elle est devenue entre ses mains, un monument admirable et unique dans son genre.

En 1781, un second incendie consuma la salle de spectacle. Le duc de Chartres songea aussitôt à réparer ce nouveau malheur. L'énormité des frais nécessaires à cette entreprise, n'arrêta point le Prince ; une nouvelle salle plus vaste et plus belle que l'ancienne fut élevée sur les dessins du célèbre architecte Louis. On peut juger des dépenses par un mémoire que les Comédiens Français adressèrent le 22 septembre 1800, au Ministre de l'Intérieur. Ils lui rappellent que la construction du Théâtre Français a coûté trois millions six cents mille livres.

Avant l'époque de la reconstruction de la salle de spectacle, le duc de Chartres avoit formé le projet de faire construire des galeries couvertes, lesquelles devoient se coordonner avec la colonnade sur le jardin qu'il avoit fait commencer pour joindre ensemble les deux ailes du Palais, et qui fut ensuite abandonnée.

Il pensa que le seul moyen de se procurer les fonds nécessaires pour achever ce projet, étoit d'obtenir la faculté d'acenser le sol des galeries et des terreins destinés à ce perfectionnement.

Il sollicita à cet effet des lettres-patentes, qui furent accordées le 13 août 1784, et enregistrées en Parlement le 26 du même mois. Comme ces lettres ont été l'acte générateur de tous les autres actes relatifs aux aliénations de diverses parties du Palais-

Royal, et qu'il devoit en être l'unique régulateur, il est très-important de lui donner une attention particulière, et de re-connoître avec certitude quelles étoient l'étendue et les limites de la faculté d'acensement accordée au Prince apanagiste (1).

Les bornes précises des terreins destinés à l'acensement sont ainsi fixées.

« Nous avons permis à notre cousin le duc de Chartres d'acenser
» les terreins et bâtimens parallèles aux trois rues des *Bons-*
» *Enfans*, *Neuve-des-petits-Champs* et *de Richelieu*, comme aussi
» *le sol des passages*, nécessaire au service d'iceux, *contenant*
» *le tout, trois mille cinq cents toises*, lesquelles *sont marquées*
» *et enluminées de rouge*, dans le plan signé de Louis, architecte,
» annexé sous le contre-scel des présentes. »

Ce qui désigne et limite plus particulièrement ces localités, c'est
qu'il n'est question dans les lettres-patentes que de trois mille
cinq cents toises prises autour de l'ancien jardin, « lequel, disent
» les lettres, seroit plus agréable et plus commode, s'il étoit envi-
» ronné, le long des *trois côtés parallèles* aux rues des *Bons-Enfans*,
» *Neuve-des-petits-Champs* et *de Richelieu*, de galeries couvertes,
» pratiquées dans des maisons uniformes, ornées de pilastres et
» autres décorations d'architecture analogues à la façade qu'on a
» commencé d'élever sur *le même jardin*, parallèlement à la rue
» St.-Honoré. »

Les tenans et aboutissans des terreins et bâtimens, leurs dési-gnations, la mesure de la superficie qu'ils occupent, sont marqués dans les lettres-patentes d'une manière si positive, et avec une exactitude si scrupuleuse, que l'erreur devenoit impossible.

Ainsi, les portions de terrein disponibles étoient exclusivement

_____

(1) L'acensement, dans l'ancienne législation, étoit une convention par laquelle on prenoit un immeuble quelconque à cens ou rente foncière.

le pourtour de l'ancien jardin du Palais-Royal, et se composoient de trois mille cinq cents toises, y compris les trois passages, ou rues *de Valois*, *de Montpensier*, et *de Beaujolais*. Le surplus étoit réservé à l'apanage.

De ces points clairement établis et définitivement fixés, on verra sortir la lumière qui dissipera toutes les obscurités de la cause, et conduira d'une manière infaillible à la découverte de la vérité.

Nous arrivons maintenant à cette époque mémorable où les passions soulevées, et le choc des intérêts opposés, trompèrent l'espoir des partisans d'une sage liberté, époque orageuse où le plus noble enthousiasme dégénéra en délire, et où les Français, errant sans guide et sans frein au milieu des débris des anciennes institutions, s'égarèrent dans des routes inconnues, et se perdirent dans l'anarchie. Alors tout plia sous le joug de la nécessité; les intentions les plus droites ne furent pas même toujours un préservatif suffisant contre l'entraînement de l'exemple, la présence des périls, et la perspective du repentir.

Au milieu des travaux, malheureusement infructueux, qu'entreprit l'Assemblée constituante pour fonder la Monarchie constitutionnelle, elle sentit la nécessité de régler définitivement l'état et le sort des membres de la Famille Royale.

Tel fut l'objet de la loi du 6 avril 1791, portant suppression des apanages. Plusieurs articles de cette loi doivent fixer notre attention ; nous allons les reproduire textuellement.

« *Art. IX.* Les décrets relatifs à la vente des biens nationaux » s'étendront et seront appliqués à ceux compris *dans les apanages* » *supprimés.*

« *Art. XVI.* Il sera payé à MONSIEUR, indépendamment d'un » million de rente apanagère et d'un million de traitement,

» cinq cent mille livres par année, laquelle somme sera affectée
» à ses créanciers.

» Il sera payé à *M. d'Artois* la rente apanagère d'un million ;
» et, en outre le traitement d'un million, la nation déclare
» se charger, sans tirer à conséquence, du paiement des rentes
» viagères dont le Roi a bien voulu promettre l'acquit par la
» décision du mois de décembre 1783 ; et le fonds annuel des
» rentes viagères, dues par *M. d'Artois* au mois de décembre
» 1783, sera remis tous les ans, de six mois en six mois,
» déduction faite desdites rentes viagères, entre les mains d'un
» séquestre, duquel les créanciers toucheront l'équivalent de leurs
» créances.

» Il sera payé à *M. d'Orléans*, outre le million de rente apa-
» nagère, la somme d'un million chaque année, pendant vingt
» ans, à titre d'indemnité des *améliorations faites par ses auteurs*
» *et lui dans les fonds de son apanage*, lequel *million sera affecté*
» *à ses créanciers*, pour leur être payé directement, suivant les
» délégations que fera *M. d'Orléans*; et sera ledit million con-
» servé aux créanciers dans le cas même où *M. d'Orléans* vien-
» droit à mourir avant l'expiration desdites vingt années.

» *Art. XVIII.* Le palais d'Orléans ou du Luxembourg, et
» le *Palais-Royal*, sont *exceptés de la révocation d'apanage* pro-
» noncée par le présent décret et celui du 13 août dernier. Les
» deux apanagistes auxquels la jouissance en a été concédée,
» et les aînés mâles, chefs de leurs postérités respectives, con-
» tinueront à en jouir au *même titre et aux mêmes conditions*
» *que jusqu'à ce jour*. L'Assemblée nationale *confirme les alié-*
» *nations* qui ont pu être faites des terreins ou édifices dépen.
» dans de l'apanage du Palais-Royal, *ou toutes autres autorisées*
» *par des lettres-patentes enregistrées.* »

Il faut remarquer dans les dispositions précédentes, 1º que
le Palais-Royal est excepté de la suppression des apanages ;

2º que l'Assemblée confirme législativement les aliénations qui ont pu être faites des terreins ou édifices dépendans de l'apanage du Palais-Royal, ou toutes autres autorisées par des lettres-patentes enregistrées ; 3º que les embarras pécuniaires du duc d'Orléans existoient avant la révolution, et n'étoient que le résultat des dépenses extraordinaires occasionnées par les nombreuses améliorations faites à l'apanage de la Maison d'Orléans ; un seul article, les trois millions six cent mille livres employés à la reconstruction du Théâtre Français, suffit pour en donner quelque idée. Ces embarras pécuniaires, préexistans à la révolution, furent considérablement augmentés par l'abolition absolue des redevances féodales, et le non-paiement de toutes celles qui, quoique maintenues jusqu'à leur rachat par ceux qui en étoient grevés, cessèrent pourtant d'être payées ; déclarées rachetables, elles ne furent ni payées, ni rachetées (1).

Quant à l'exception faite en faveur du Palais-Royal, dans la

---

(1) On n'a pas oublié les dépenses extraordinaires dans lesquelles le duc d'Orléans fut entraîné pour la création de Mouceaux, les constructions du Raincy, la démolition d'une partie du Palais-Royal, les additions, la construction des galeries, d'autres bâtimens dans le jardin, de la salle de spectacle et des bâtimens construits sur la rue de Valois à la place de l'ancienne salle, détruite par un incendie en 1781. Ces derniers travaux, joints à ceux du Palais Royal et de la salle de spectacle, coûtèrent, d'après un état authentique que nous avons sous les yeux . . . . 44,000,000 fr.

Mouceaux avoit coûté jusqu'en 1792 23,000,000

Les bâtimens au Raincy. 2,000,000

TOTAL. . . . . 69,000,000 fr.

Si l'on joint à ces sommes exorbitantes les engagemens et les dettes successivement hypothéquées depuis un siècle sur les biens patrimoniaux du duc d'Orléans, les pertes éprouvées par la suppression des apanages et l'abolition des redevances féodales, on concevra aisément qu'il n'est pas besoin de chercher d'autres causes à la diminution de la fortune et au dérangement des finances de ce Prince.

suppression des apanages, elle n'a été révoquée par aucune loi subséquente.

Cependant le duc d'Orléans voulant préparer l'extinction progressive des dettes dont ses propriétés patrimoniales étoient grevées, résolut de conclure avec ses créanciers un arrangement définitif.

Le Concordat ou *acte d'union*, du 9 janvier 1792, entre le Prince et ses créanciers, fut la conséquence de cette détermination. L'influence de cet acte sur les transactions postérieures, nous fait un devoir d'en reproduire ici les clauses les plus importantes.

« ARTICLE 1er. Les créanciers s'unissent.

» ARTICLE 2. Ils nommeront quinze mandataires pour les repré-
» senter.

» ARTICLE 3. Ces mandataires formeront, avec le Prince et son
» Conseil, une assemblée *commune*, dans laquelle se prendront
» les délibérations, et se feront les opérations qui seront expli-
» quées par la suite. Lesdits mandataires ne pourront former
» une assemblée délibérante qu'autant qu'ils se trouveront réu-
» nis au nombre de neuf.

» ARTICLE 7. Il sera dressé un état de l'actif et du passif.

» ARTICLE 18. Dès ce moment, et successivement dans le cours
» des années suivantes, le Prince fera mettre en vente des fonds
» des immeubles, jusqu'à la concurrence de son passif. Il don-
» nera à cet effet des procurations, lesquelles contiendront pou-
» voir de le représenter dans toutes les opérations relatives à
» l'exécution du présent acte, et de faire en son nom, *tout*
» *ce qui sera avisé* par l'assemblée commune des mandataires
» de ses créanciers et de son Conseil.

» ARTICLE 19. *Les mandataires de l'union, de concert avec le*

» *Conseil du Prince*, détermineront l'ordre dans lequel ces biens
» seront vendus, et les conditions desdites ventes. Ils distin-
» gueront soigneusement les biens qui sont personnels au Prince,
» et ceux qui lui viennent de ses auteurs. Ces ventes seront
» faites *à l'amiable*, aux enchères, qui seront reçues publique-
» ment, *placards* préalablement apposés *au nom du Prince*,
» *poursuites* et *diligences* de son fondé de pouvoirs par *un des*
» *notaires du Prince*, *en présence de celui des créanciers*, sans
» autre procès-verbal que celui du notaire, et dans une des
» salles du Palais-Royal, en présence des mandataires, dont *le*
» *nombre ne pourra être moindre de trois;* et dans le cas où il
» seroit jugé d'un plus grand avantage pour les créanciers, que
» quelques objets particuliers fussent vendus sur les lieux, les-
» dites ventes y seront faites dans la même forme, en présence
» d'un fondé de pouvoirs desdits mandataires.

» Article 20. Aucune vente d'immeubles ne pourra être faite
» que de concert *avec les mandataires des créanciers.*

» Article 42. Le Prince déclare qu'il a pour notaires MM.
» Brichard et Robin.

» Article 43. Et, de leur part, les créanciers nomment pour
» leur notaire, M. Dufouleur. Il recevra, avec *un des notaires*
» *du Prince*, les actes de l'union et les délibérations *communes.*

» Article 47. Le Prince a représenté à l'instant l'état de ses
» biens et celui de ses créanciers. »

Nous aurons plus d'une occasion de revenir sur ce traité,
document authentique de la volonté des parties. Il nous suffit
en ce moment d'observer que l'état des biens, annexé au Concordat, ne contient que le détail des propriétés patrimoniales
du Prince, les fruits de sa rente apanagère, et les biens personnels à madame la duchesse d'Orléans.

Nulle part il n'est question du Palais-Royal.

Peu de temps après cette transaction, le duc d'Orléans voulut obtenir de l'Assemblée nationale l'autorisation nécessaire pour qu'il lui devînt possible d'ajouter quelques parties de son apanage à la masse disponible de ses propriétés. Le nouveau système de législation avoit rendu impraticable le mode d'aliénation établi par les lettres-patentes de 1784, l'abolition du régime féodal ne permettant plus l'acensement ; de sorte qu'il falloit que la puissance législative fixât un nouveau mode, d'après lequel le Prince pût achever de vendre celles des arcades sur le jardin du Palais-Royal, qui n'étoient pas encore aliénées. En faisant cette demande, il essaya vainement d'étendre les limites, si exactement déterminées par les lettres-patentes de 1784, des aliénations qu'il étoit autorisé à faire. L'Assemblée s'y refusa absolument. Voici le fait :

Le 29 mars 1792, il présenta à l'Assemblée législative une pétition, par laquelle il demandoit *l'autorisation* nécessaire pour vendre, 1° les arcades du Palais-Royal, numérotées 21, 22, 23, 39, 40 et 41 ; 2° la totalité des maisons de la cour des Fontaines ; 3° *une salle de spectacle ;* et enfin plusieurs maisons adjacentes.

L'Assemblée reçut cette pétition ; toutefois elle tarda long-temps à donner aucune décision à cet égard. Enfin, le 14 septembre suivant, elle rendit un décret qui étoit loin de remplir entièrement les espérances du Prince ; car l'Assemblée lui imposoit de nouveau l'obligation de ne pas excéder les bornes prescrites par les lettres-patentes. Celles-ci servirent de base à sa résolution. Ainsi, au lieu de rappeler nominativement les objets dont le Prince vouloit faire autoriser l'aliénation, l'Assemblée limita cette permission *aux trois mille cinq cents toises* énoncées dans les lettres-patentes, auxquelles son décret se réfère constamment. Ce point est très-important, en ce qu'il ne change point l'état primitif des choses, et qu'on peut défier l'esprit le plus subtil de découvrir la moindre différence, relativement à l'étendue de l'auto-

risation , dans la loi du 14 septembre 1792 , et dans les lettres-
patentes de 1784.

Voici le texte de cette loi : « L'Assemblée nationale , etc.
» Considérant que , par lettres-patentes du 13 août 1784 , con-
» firmées par la loi du 20 mars 1791 , Louis-Philippe-Joseph ,
» prince français , a obtenu la permission d'aliéner à perpé-
» tuité trois mille cinq cents toises de terrein dépendant du
» Palais - Royal , avec les bâtimens qu'il avoit fait construire
» sur ledit terrein , etc. , décrète ce qui suit :

» *Article* 1er. Louis-Philippe-Joseph , prince français , pourra
» continuer les aliénations qu'*il a été autorisé de faire par les*
» *lettres-patentes* du 13 d'août 1784 , etc. »

Cependant des aliénations d'immeubles s'opéroient en vertu
du contrat d'union passé entre le Duc et ses créanciers ; au mois
d'avril 1793 , elles avoient déjà produit près de treize millions.
Toutes ces ventes s'étoient faites avec le concours libre du Prince.
Ce concours cessa bientôt. Les espérances des hommes qui, en-
traînés par la toute-puissance de l'opinion , avoient cherché à
établir une alliance indissoluble entre la monarchie et la liberté
publique , étoient à cette époque entièrement dissipées. Le peuple ,
égaré par les factions , avoit secoué le frein des lois ; la révolution dévoroit indifféremment ses amis et ses ennemis , le crime
et l'innocence. La France se trouvoit en proie à une anarchie san-
glante ; l'épouvante étoit générale. Le duc d'Orléans ne tarda
guère à devenir une des nombreuses victimes. Arrêté au Palais-
Royal le 4 avril 1793 , il avoit été enfermé dans la prison de
l'Abbaye , en attendant qu'il pût être transféré à Marseille , ainsi
qu'un décret de la Convention nationale venoit de le prescrire.

Ce fut dans une pareille situation que ses créanciers le pres-
sèrent de choisir des mandataires qui pussent concourir en son
nom aux ventes stipulées dans l'acte d'union. Le Prince donna ,
le 8 avril , sa procuration , dont nous allons faire connoître
les dispositions.

Il nomme pour ses procureurs généraux et spéciaux, les citoyens Lhomme, Monsigny, Degon et Béhague, mandataires de ses créanciers, auxquels il donne pouvoir de *gérer* et *administrer*, « pour lui et en son nom, tous les biens meubles et immeu- » bles, droits et actions, qui lui appartiennent; *continuer de* » *faire procéder aux ventes et adjudications sur publications*, » AINSI QU'IL EST STIPULÉ PAR LE CONCORDAT. »

On y remarque d'autres pouvoirs pour différens actes, tou- jours avec cette clause restrictive, «*conformément au Concordat.*» Le Prince leur donne pouvoir de « substituer une ou plusieurs » personnes pour l'exécution de tout ou partie de la procu- » ration, se réservant, ledit constituant, de donner, s'il le » juge à propos, à telle personne que bon lui semblera, tous » pouvoirs pour assister *aux opérations* ci-devant mentionnées, » *et les surveiller.* Fait et passé à Paris, à l'Abbaye, où ledit » constituant est maintenant détenu, et où les notaires se sont » transportés, *entre les deux guichets*, comme en lieu de liberté. »

La situation du Prince devint de plus en plus critique. Un décret du 16 avril ordonne le séquestre des biens de la famille d'Orléans.

Un second décret, du premier mai suivant, charge l'Agent du trésor public de surveiller toutes les opérations relatives à la liquidation et au paiement des dettes qui auroient lieu en exécution du Concordat ; surveillance de gestion indispen- sable, dans de telles circonstances.

En conséquence des pouvoirs donnés par le duc d'Orléans, et de ces divers décrets, les fondés de procuration du Prince, et les mandataires de ses créanciers se réunissent en présence de Turpin, Agent du trésor public. Un registre de délibérations communes est ouvert; les opérations commencent. Nous connoissons les bases sur lesquelles elles devoient s'appuyer, les bornes qu'elles ne pouvoient franchir , les conditions qui seules pouvoient les rendre légales. Il est difficile, avec de pareils élémens, de se tromper sur la nature de ces opérations.

Le 27 août 1793 , il fut fait une première publication, dans la forme ordinaire des adjudications qui ont lieu par suite d'arrangemens entre des créanciers et des débiteurs, et en vertu de l'acte d'union , pour parvenir à la vente *de la salle de spectacle* du Palais-Royal. De l'examen du procès-verbal, il résulte :

1° Que trois des fondés de pouvoirs du Prince, seulement, Lhomme Monsigny , Béhague ont signé. La comparution du quatrième, ean-André Degon , avoit été écrite sur la minute ; mais les signes de cette mention sont rayés, et l'on ne trouve sur ladite minute , nulle approbation de cette rature.

2° On procède en présence de Lemaire, comme Conseil du Prince, et de Turpin , Agent du trésor.

3° Au nombre des signatures sans *énonciation de comparution*, on trouve celles de Drouin et de Sauvan.

4° Le préambule de ce procès-verbal porte : « Que cette vente a » été arrêtée, dans l'assemblée commune des mandataires et du » Conseil du Prince en présence de l'Agent du trésor public.»

5° Tout le terrein sur lequel la salle, le théâtre, le péristyle, et les trois galeries environnantes sont construits, est déclaré appartenir au Prince, *à titre d'apanage*. Le procès-verbal énonce une portion de terrein à droite de la salle, et déclare que l'aliénation est autorisée par les lettres-patentes du 13 août 1784, confirmées par décret subséquent.

Deux autres publications eurent lieu dans le mois de septembre.

L'adjudication, *sauf le mois*, devoit avoir lieu le 8 octobre. Il

y eut simplement remise du 8 au 22. A cette dernière époque, au
lieu de l'adjudication *sauf le mois*, il y eut adjudication définitive
au profit de Levasseur, avoué, moyennant le prix d'un million six
cent mille cinq cents francs. Un fait digne d'une remarque particulière, c'est qu'au moment même de l'adjudication, et sans aucune
notice préalable, on vendit trente toises de terrein et bâtimens de
plus que ce qui avoit été annoncé dans les publications. La rapidité
de ces opérations, l'inobservation des délais prescrits, cet oubli des
formes légales s'expliquent avec facilité.

Le duc d'Orléans, revenu de Marseille, fut conduit à la mort,
le 6 novembre, c'est-à-dire quinze jours après la dernière adjudication.

Arrêtons-nous d'abord à cette époque. La vente est consommée;
nous devons la juger aujourd'hui comme nous l'aurions jugée alors.
En reprenant la suite des faits, nous verrons si elle a changé de
caractère, et si les vices, dont elle fut atteinte à sa naissance, ont été
purgés par le temps.

Nous allons examiner dans une discussion rapide, et en négligeant
les considérations secondaires,

1° Si la chose vendue pouvoit être aliénée;

2° Si les mandataires avoient pouvoir de vendre ?

La salle de spectacle dépendante du Palais-Royal, pouvoit-elle
être aliénée? Non; puisqu'elle étoit dans l'apanage du Prince, et se
trouvoit hors des limites fixées pour les aliénations par les lettres-
patentes de 1784, confirmées par deux lois postérieures.

Ces limites sont contenues dans les 3,500 toises qui, en partant
des deux extrémités des galeries de bois, mesurent le pourtour
du jardin du Palais-Royal. Comment pourra-t-on transporter

3

dans cette contenance, dont la vérification est si facile, la salle de spectacle dite le *Théâtre Français*?

On invoquera-peut-être le plan qui devoit être annexé sous le contre-scel des lettres-patentes, et qui en a été détaché depuis un grand nombre d'années; plan, ajouterons-nous, qui a disparu, et qu'on prétend avoir ensuite retrouvé; plan enfin où le terrein sur lequel sont construites la partie de la salle de spectacle où siégent les spectateurs, et les trois galeries sur la rue de Riche-lieu, est teinté en rouge, et on le rapprochera des lettres-patentes, qui portent, « que le sol aliénable contenant 3,500 toises, » est marqué et enluminé de rouge dans le plan signé de Louis, » architecte. »

Ainsi, une simple enluminure, étendue à des parties de l'apa-nage, qui évidemment ne devoient pas la recevoir, suffiroit pour leur enlever leur qualité inaliénable ! un simple trait de pinceau auroit la force d'une loi, et l'emporteroit même sur le texte des lettres-patentes, dont ce plan étoit destiné à assurer l'exécution ! Qui ne sent toute la futilité d'une pareille prétention? c'est à des marques moins précaires, moins fugitives que la volonté du législateur se fait reconnoître. Ici les désignations sont matériel-lement fixées. « Nous permettons, disent les lettres-patentes, » d'acenser les terreins et bâtimens parallèles aux trois rues des » *Bons-Enfans*, *Neuve-des-petits-Champs*, et *de Richelieu*, comme » aussi le sol des passages, nécessaire au service d'iceux, conte-» nant le tout *trois mille cinq cents toises*. »

D'après cela, la salle de spectacle, et tout ce qui faisant partié de l'apanage ne se trouvoit pas dans la contenance des 3,500 toises, quelle que puisse être leur couleur, sur quelque plan qui soit présenté, n'a pu être légalement aliéné ni par le Prince, ni par ses mandataires.

Invoquera-t-on le décret de septembre 1792, rendu sur la pétition où le Prince apanagiste demandoit l'autorisation de vendre,
« certaines arcades du Palais-Royal, la totalité des maisons de la
» cour des Fontaines, une salle de spectacle, et enfin plusieurs
» maisons adjacentes ? »

La question se réduit à savoir si l'autorisation demandée a été
accordée, et c'est dans la loi seule que nous pouvons en chercher
la solution : or, quelles sont à cet égard les expressions du décret?
elles se réfèrent pleinement aux lettres-patentes de 1784. Elles
autorisent le Prince à continuer les aliénations qu'il a été autorisé
de faire, « de 3,500 toises de terrein dépendant du Palais-Royal,
» avec les bâtimens qu'il avoit fait construire sur ledit terrein. »

Si l'autorité législative eût voulu étendre la faculté d'aliénation,
rien n'étoit plus simple et plus facile que de désigner nominativement les portions de terrein et les bâtimens mentionnés dans
la pétition. Elle ne l'a pas fait, donc elle ne l'a pas voulu.

Nul pouvoir compétent, nul acte législatif n'a dérogé aux lettres-
patentes de 1784. Toute la partie du Palais-Royal qui se trouve
hors des 3,500 toises dont nous avons parlé, est restée inaliénable.
L'adjudication particulière qui en a été faite est conséquemment
subreptice et nulle de plein droit.

2°. — Les mandataires avoient-ils pouvoir de vendre?

Non ; le Prince n'a pu livrer et n'a livré en effet à l'action de
ses créanciers, que la masse de ses biens patrimoniaux et ce qui
restoit à aliéner des arcades du jardin du Palais-Royal, conformément aux lettres-patentes, ce qui est expressément déterminé
par les articles 18 et 19 du Concordat.

Les pouvoirs du Prince exprimés au contrat d'union ; la procuration, *donnée entre les deux guichets* le 8 avril 1793, à l'effet de

3 *

continuer à faire procéder aux ventes et adjudications sur publications, *ainsi qu'il est stipulé par le Concordat*, n'ont donc pu être
étendus à des biens qu'il n'étoit pas au pouvoir du Prince d'aliéner.

Les aliénations ont été faites par des mandataires sans pouvoir et sans aucun droit ; conséquemment l'adjudication du 22 octobre est encore frappée de nullité par le plus grand de tous
les défauts, qui est le défaut de pouvoir.

Nous pourrions insister sur plusieurs irrégularités dans le
mode d'adjudication ; sur le défaut de concours de l'un des
quatre mandataires du Prince. Nous pourrions prouver que les
dispositions du Concordat ont été violées, qu'une adjudication
qui devoit être faite, *sauf le mois*, est devenue une adjudication définitive ; que les mandataires savoient bien qu'ils se pla-
çoient hors de leurs pouvoirs, et qu'ils aliénoient une propriété
inaliénable : mais toutes ces exceptions, quelques décisives
qu'elles soient, en ce qu'elles démontrent jusqu'à l'évidence la
précipitation, la mauvaise foi des mandataires, ne saisissent
pas la cause avec autant de force que la grande exception tirée
de la loi même et de la nature de la propriété.

C'est en vertu d'une loi qu'on peut appeler fondamentale,
que le Palais-Royal étoit déclaré propriété inaliénable. Une loi
ne s'abroge que par une loi contraire. Cette condition n'existe
pas ; ainsi le titre, à la faveur duquel on a pris possession d'une
partie de l'apanage, vicieux et nul dans son principe, ne peut
établir aucun droit. La possession, même non interrompue, ne
pourroit remédier au vice primitif, et lui donner la force et
l'autorité qu'il ne peut avoir par lui-même.

Il y a possession sans titre valable ; d'où il suit que la vente est
nulle, que des mandataires excédant leurs pouvoirs, ou en d'autres
termes, agissant sans pouvoirs, n'ont pu engager le légitime pro-

priétaire, et que S. A. S. Mgr le duc d'Orléans, comme apanagiste successeur du duc d'Orléans son père, est fondé à en demander l'annullation, sans être tenu à aucune indemnité.

Nous allons maintenant entrer dans un nouvel ordre de choses; nous allons voir une possession acquise par un titre frauduleux, incessamment troublée par le vice même de son origine; nous observerons les nombreux et vains efforts qui ont été tentés pour la rendre légitime, pour faire confondre une adjudication particulière avec les adjudications faites au nom et sous l'autorité des lois. Enfin revenant au point d'où nous sommes partis, nous établirons par la série même des faits, que le titre n'a reçu aucune valeur de la longueur de l'usurpation, que la qualité de la chose vendue n'a point reçu d'altération, et qu'en réclamant une partie intégrante du Palais-Royal, S. A. S. ne fait que remplir un devoir envers lui-même, et envers l'Etat.

Nous serons forcés de négliger, dans l'examen que nous allons faire, une foule de petits détails dans lesquels il seroit difficile d'entrer sans perdre de vue le point important de la cause, et qui ne s'y rattachent pas directement. Nous ne suivrons pas dans leurs manœuvres clandestines, dans leurs débats particuliers, des hommes, possesseurs illégitimes d'une grande propriété, inquiets de leur titre, divisés pour la jouissance, réunis pour l'usurpation, se plaignant les uns des autres lorsqu'ils se croyoient certains de leur proie, combinant leurs efforts pour se dérober à l'action du Gouvernement, lorsqu'à des intervalles de repos, il paroissoit disposé à réclamer les droits de l'Etat; mais qui bientôt distrait par des intérêts plus pressans, négligeoit ces mêmes droits sans jamais les abandonner.

Nous ne chercherons pas même à expliquer comment M. Jullien est devenu, ou paroît être devenu l'unique possesseur du Théâtre

Français ; de quelque manière, à quelques conditions que le titre
d'acquisition ait passé entre ses mains, ce titre reste toujours
le même ; le vice radical dont il est atteint, n'a pu être effacé
par aucune transmission privée. D'ailleurs dans cette suite obs-
cure d'actes sous seing - privé, de transactions équivoques qui
décèlent l'embarras, le besoin de se soustraire à l'œil impor-
tun de la justice, nous serions quelquefois réduits à des conjec-
tures ; et c'est par des moyens positifs, c'est en invoquant
l'appui de principes sacrés et invariables que nous résoudrons
toutes les difficultés. Les vaines arguties, les fins de non-recevoir
qu'on pourra nous opposer s'évanouiront devant un droit-certain,
qui a été violé, mais non anéanti.

Nous avons dit que l'adjudication de la salle de spectacle, dépendante du Palais-Royal, fut faite le 22 octobre 1793 à Levasseur,
avoué, moyennant un million 600,500 fr. en assignats. Levasseur
fit le même jour déclaration de command en faveur de Gaillard et
Grandmesnil, ce dernier stipulant tant pour lui que pour sa
société en commandite. Cette société se composoit alors, outre
Grandmesnil, de onze autres comédiens, réduits ensuite à neuf
intéressés. Gaillard étoit seul propriétaire de l'autre moitié.

En conséquence de la confiscation des biens patrimoniaux de
la famille d'Orléans, et de la réunion du Palais-Royal comme
apanage au domaine public, qui n'eurent lieu qu'à la condam-
nation et à la mort du feu Prince, le 6 novembre 1793, c'est-
à-dire une quinzaine de jours après l'adjudication définitive de
la salle de spectacle, les paiemens auxquels cette vente obligeoit
les acquéreurs, cessèrent d'être faits aux mandataires, et il fallut
en venir à un règlement de compte entre les acquéreurs et le
receveur des domaines. Ce premier règlement se fit le 4 thermidor an II (22 juillet 1795), et aussitôt les droits de l'Etat
furent mis à couvert par une réserve spéciale.

On y rappelle les circonstances de l'adjudication ; on y remarque

qu'une partie des biens vendus dépendoit de l'apanage, on fait le calcul des à-comptes payés ; mais en arrêtant le reliquat à 1,009 fr. 19 c. le receveur déclare, « que la présente liquida-
» tion est ainsi faite *sous toutes réserves de fait et de droit,* soit
» relativement au paiement de la rente apanagère, soit relative-
» ment *aux droits de la nation, résultant de. l'apanage* du ci-
» devant Palais-Royal, soit enfin relativement aux diverses lois
» qui prononcent la confiscation des biens d'Orléans. »

Cette première et importante réserve, *ratione qualitatis rei,* alarma vivement les acquéreurs ; d'autres circonstances contri-buèrent à augmenter leurs appréhensions. Le règne de la licence touchoit à sa fin ; cette terrible Convention qui avoit déchaîné tant de fléaux sur la France, mutilée de ses propres mains, fatiguée de son propre despotisme, annonçoit le terme de l'anarchie révolutionnaire.

Un ordre régulier d'administration alloit succéder à l'arbi-traire le plus désordonné. Une telle perspective n'étoit pas faite pour rassurer les détenteurs d'une propriété qui n'avoit jamais cessé d'être celle de l'État. Il étoit aisé de prévoir que le moindre examen du titre de propriété en amèneroit l'annullation. Dans cet état de choses, les acquéreurs se réunirent en assemblée générale (1er vendémiaire an 4, 23 septembre 1795), c'est-à-dire, le jour même où la Convention annonçoit l'époque d'un régime constitutionnel. Ils se hâtèrent de faire intervenir un tiers qui pût défendre leurs prétentions dans les contestations fu-tures qui devoient nécessairement s'élever entr'eux et une admi-nistration éclairée. Gaillard fut autorisé à traiter avec le sieur Prévost, procureur fondé du sieur Jullien pour l'acquisition du Théâtre Français, dit alors *de la République.*

Cette acquisition fut faite sous seing-privé (3 vendémiaire), moyennant 14 millions, à une époque où l'assignat étoit tombé à 2 fr. 25 cent. pour cent fr. ; et par une clause qui paroîtroit inconcevable , si , dans de pareils traités, on pouvoit soupçonner quelque réalité , les vendeurs prenoient à bail la chose vendue à raison de 120,000 fr., valeur de 1789 ; de sorte que le prix du bail de deux années auroit payé le prix de vente ; mais nous ne chercherons pas à expliquer ces transactions mystérieuses, dont le caractère et l'existence ne peuvent influer en aucune manière sur l'issue de la cause.

Cependant on vouloit profiter des derniers actes du régime révolutionnaire pour obtenir une quittance définitive de paie- ment du prix de l'adjudication. On espéroit peut-être que cette formalité couvriroit le vice de l'acquisition, et pourroit à l'avenir donner à une vente privée l'autorité d'une vente nationale. La demande en fut faite au comité des finances.

Le 28 , à l'époque où les pouvoirs de l'Assemblée étoient sur le point d'expirer, où tout étoit confusion et anarchie, où les traces du canon de vendémiaire étoient encore visibles sur le péristyle du Théâtre Français, six jours seulement avant l'orga- nisation d'une administration régulière, le comité des Finances, sur le rapport de la Commission des revenus nationaux, adopta un projet d'arrêté ainsi motivé.

« Le comité des Finances, sur le rapport de la Commission des » revenus nationaux, considérant : que la salle de spectacle , dite » de la République , a été régulièrement adjugée, et que *la Nation* » *n'auroit ni droit ni intérêt* à attaquer l'adjudication ; que d'ail- » leurs elle n'a été faite qu'en présence et du consentement de » l'Agent national; et d'après un décret de la Convention nationale, » du 1er mai 1793 ,

ARRÊTE :

» Que lors du dernier et final paiement du montant de l'adju-

» dication et des intérêts qui sera effectué par les adjudicataires,
» il leur sera délivré, par le receveur de l'agence de l'enregis-
» trement et des domaines, *une quittance purement et simplement*
» *définitive* et pour solde. »

Comme dans les contestations qui se sont élevées sur la validité
de son titre, le sieur Jullien s'est quelquefois prévalu de cet arrêté
comme si c'étoit là le titre en vertu duquel il possède ; comme il est
probable que les argumens tirés de l'existence de ce même arrêté
seront reproduits, nous allons le soumettre à un examen raisonné, et déterminer quel dégré de force il peut avoir aux yeux
de la Justice. Mais avant de fixer ce point, il convient de faire
quelques observations sur les considérans de cet arrêté.

Première Considération.

« La salle de spectacle, dite de la République, a été régulière-
» ment adjugée. »

Le comité reproduit ici simplement l'assertion des pétition-
naires. Le moindre examen auroit suffi pour l'éclairer ; mais
n'ayant point, et ne prétendant point avoir l'autorité de décider, il
répète sans conséquence les termes de la pétition. S'il en eût été
autrement, il auroit consulté le Concordat passé entre le duc
d'Orléans et ses créanciers, il auroit pesé les termes de la procuration donnée *entre les deux guichets de l'Abbaye*, il eût du
moins parcouru les divers procès-verbaux d'adjudication ; alors
il seroit resté convaincu que les dispositions du Concordat n'avoient
point été suivies ; que les mandataires avoient agi sans pouvoirs,
relativement à l'adjudication du Théâtre Français ; enfin, que les
formalités même les plus simples des adjudications avoient été
négligées, puisque les délais annoncés, entre l'avant-dernière adjudication préparatoire et l'adjudication définitive, n'avoient pas été

4

observés , et qu'on avoit ajouté le jour même aux immeubles désignés de nouveaux terreins et bâtimens. Changeant alors sa rédaction, il auroit dit : « La salle de spectacle, dépendante du » Palais-Royal, a été irrégulièrement adjugée. »

Deuxième Considération.

« La nation n'auroit ni *droit* ni *intérêt* à attaquer l'adjudication. »

Comment la nation n'avoit elle pas droit d'attaquer l'adjudication ? N'est-il pas prouvé par le contrat même qu'une partie de l'apanage, c'est-à-dire, une propriété inaliénable, réversible à l'Etat, avoit été aliénée. N'auroit-il pas fallu une loi expresse pour la remettre dans l'ordre commun ? Un droit de l'Etat subsiste jusqu'à ce que l'Etat lui-même, suivant des formes prescrites, s'en dessaisit. C'est la volonté seule du Pouvoir législatif; c'est cette volonté, exprimée par un acte authentique, qui auroit pu priver la propriété dont nous parlons, du privilège qui dès son origine lui avoit été attaché, comme qualité indélébile. Voilà comment il faut juger *le droit*.

Quant à *l'intérêt*, on ne pouvoit prononcer sur ce point sans un mûr examen.

L'Etat a toujours intérêt à revenir sur une vente nulle, lorsqu'il s'agit de maintenir un principe conservateur des propriétés qui lui appartiennent. De plus, la salle de spectacle dont la construction avoit coûté trois millions six cent mille livres en argent, a été adjugée pour seize cent mille livres en assignats. Certes la différence est assez grande pour constituer un intérêt.

Au surplus, ce n'étoit pas au comité des Finances , mais au pouvoir compétent , c'est-à-dire, à l'autorité législative à considérer ces diverses propositions, et à statuer sur l'intérêt comme sur le droit.

Troisième Considération.

« D'ailleurs, la vente n'a été faite qu'en présence et du con-
» sentement de l'Agent national, et d'après un décret de la Con-
» vention nationale du 1ᵉʳ mai 1793. »

Pour juger du degré d'autorité que la présence de l'Agent du Trésor public a pu donner à une adjudication frauduleuse, il faut connoître la nature de ses pouvoirs.

Au 1ᵉʳ mai, les biens de la maison d'Orléans étoient séquestrés et non confisqués. Le séquestre pouvoit être levé ; dans ce cas l'autorité qui s'étoit substituée provisoirement au propriétaire lui auroit dû compte de la gestion. De là, la nomination de l'agent Turpin, uniquement chargé d'un office de surveillance. Ce motif est clairement indiqué dans le décret du 1ᵉʳ mai. « L'Agent du
» Trésor public est chargé de surveiller toutes les opérations rela-
» tives à la liquidation et au paiement des dettes qui auroient lieu
» en exécution du Concordat. »

Ce décret ne parle point d'aliénations d'immeubles à continuer. Il ajoute, article 2ᵉ, « l'administration des biens d'Orléans sera
» continuée par les mandataires de ses créanciers unis, dans la
» forme prescrite par le Concordat. »

Toutes ces dispositions prouvent évidemment une volonté expresse de circonscrire l'Agent et les mandataires dans les limites du Concordat. Or, le Concordat excluoit positivement des aliénations projetées, tout ce qui n'étoit pas compris dans l'état annexé à cet acte d'union. On y voit figurer les biens patrimoniaux du Prince, les fruits de sa rente apanagère, les biens personnels à

4 *

madame la [duchesse d'Orléans ; mais , comme nous l'avons déjà observé, le Palais-Royal ne figure ni à l'article *maisons*, ni *ailleurs* dans cet état de l'actif du Prince.

Est-ce la présence d'un Agent chargé d'une simple surveillance, qui auroit pu rendre nationale une vente faite au profit de quelques individus, avant même le décret de confiscation. Cette prétention est insoutenable. Un pouvoir aussi extraordinaire n'auroit pu être conféré que par une loi expresse. Une propriété qui ne sortoit pas du domaine de l'Etat auroit dû être au moins soumise aux règles ordinaires des ventes des biens confisqués ; il auroit fallu le concours de l'administration, spécialement autorisée par une loi, pour régulariser une telle adjudication. Or, cette loi n'existe pas, aucun pouvoir administratif n'avoit été donné au sieur Turpin, et l'on ne conçoit pas comment un simple Agent du Trésor peut changer tout-à-coup de caractère et devenir un Agent national. Il s'agissoit de l'exécution d'un acte privé, d'un traité d'union entre un débiteur et ses créanciers. Dès qu'il est prouvé que les mandataires ont violé l'acte d'union, il est clair que cette violation ne peut être jugée que par la loi commune.

Le comité des Finances avoit-il qualité pour prononcer sur la nature de la propriété, ou sur la validité de l'adjudication ?

Quelques anomalies que l'on remarque dans la distribution des pouvoirs, à l'époque désastreuse où nous sommes forcés de remonter, on ne voit point que la Convention se soit jamais dessaisie du pouvoir de décider législativement sur les questions où l'intervention législative étoit nécessaire. Même lorsqu'elle étoit esclave de ses comités, ceux-ci avoient encore l'attention d'attacher son nom à leurs actes. Pour détruire l'effet de la loi de septembre 1792, portée par l'Assemblée nationale, et qui limitoit aux 3500 toises énoncées dans les lettres-patentes de 1784, les aliénations de l'apanage du duc d'Orléans, une loi positive étoit indispensable. Or le comité des Finances ne pouvoit faire cette loi; il auroit pu la proposer; il n'en a pas même fait la proposition (1).

Et remarquons que, malgré ses considérans, le comité a senti son insuffisance et s'est bien gardé de toucher à la question. Il arrête qu'il sera délivré purement et simplement, aux adjudicataires, une quittance définitive et pour solde. Or, on n'a jamais prétendu qu'un règlement de compte définitif, qu'on peut considérer comme une simple mesure administrative, ait pu couvrir la fraude, purger le vice radical d'une transaction, ou avoir la force d'une loi. Après cet arrêté, les adjudicataires se sont trouvés exactement dans la position où ils auroient été, s'ils avoient payé comp-

---

(1) Pour connoître les pouvoirs du comité des Finances, nous avons cru devoir recourir au décret de la Convention nationale, relatif à la réorganisation de ses comités. Ce décret, du 7 fructidor an 2 (14 août 1794), en règle les attributions. Voici celles du comité des Finances.

« *Article 8.*— Le comité des Finances a la *surveillance* des dépenses et revenus » publics. Cette surveillance comprend la trésorerie nationale et toutes les dépenses » des commissions exécutives; l'administration des domaines et revenus nationaux; » les contributions, l'aliénation des domaines; les assignats et monnaies; la marque » d'or et d'argent; la liquidation générale; le bureau de comptabilité.

» *Il propose* les lois relatives à cette partie, et prend, en se conformant à celles » déjà rendues, des mesures d'exécution sur les objets dont il a la surveillance.

» *Titre III. Article* 23.— Les arrêtés que les comités peuvent prendre dans les » cas déterminés, doivent toujours avoir pour base *une loi précise* ; en cas de » silence ou d'obscurité de la loi, *l'interprétation* en appartient *essentiellement* à la » Convention nationale, et est expressément interdite aux comités. »

Qu'on juge maintenant si les simples considérans d'un comité, aussi restreint dans les limites de ses attributions, pouvoient *nationaliser* une transaction privée, et abroger la loi de septembre 1792.

tant le prix de l'adjudication. Rien n'a changé pour eux. Qu'on cesse donc de présenter l'arrêté du comité des Finances comme une mesure législative, qui modifie la nature des propriétés, et celle de l'adjudication. Une telle exception est la preuve la plus claire de la foiblesse de la cause soutenue par le sieur Jullien. Il a pu se faire illusion à cet égard ; mais la justice ne se contente pas d'illusions ; elle repose sur des vérités certaines et sur des principes positifs.

Six jours après cet arrêté, le comité des Finances, la Convention elle-même, avoient disparu. Un nouveau gouvernement, celui du Directoire, fut organisé.

Cependant le sieur Jullien et ses associés, se croyant plus tranquilles pour l'avenir, se querellèrent au sujet de leurs prétentions respectives. Il y eut entr'eux un procès relatif aux engagemens contractés par le sieur Prévost, au nom du sieur Jullien. Celui-ci perdit son procès en première instance ; il appela de cette sentence, qui fut jugée à Chartres, et confirmée. Il se pourvut en cassation, et se contenta de faire admettre sa requête ; alors, suivant son expression, « il laissa dormir ses droits » (1).

Pendant ce long sommeil, les sociétaires du Théâtre Français agirent comme s'ils avoient été seuls propriétaires.

On remarque seulement, et ceci n'est qu'une observation historique, que ces sociétaires, toujours divisés entre eux, administrèrent fort mal leurs affaires, et qu'ils se virent dans la nécessité d'abandonner réellement ou fictivement à des tiers la direction de leur entreprise.

Les détails de toutes ces agitations intestines nous sont indifférens. Nous allons passer aux diverses tentatives qui ont été faites de la part de l'administration pour faire rentrer l'Etat dans

---

(1) Requête présentée au Ministre de l'Intérieur en 1802, dans l'intérêt du sieur Jullien.

ses droits, et à ses protestations multipliées contre l'adjudication illégale d'une partie du Palais-Royal. Ces tentatives, ces protestations prouveront au moins une chose; c'est qu'en aucun temps la vente de cette propriété n'a été considérée comme vente nationale.

La première démarche fut mal combinée. C'étoit à l'époque du procès des sociétaires du Théâtre François avec Prévost, derrière lequel le sieur Jullien se cachoit encore. Il s'agissoit de prononcer sur la validité d'un dépôt de 12 millions d'assignats qui, au cours du moment, ne valoient que 55,820 francs en numéraire, et que Prévost avoit déposés comme le prix de son acquisition. Le Ministre des Finances, instruit des droits de la nation sur le Théâtre Français, crut devoir faire intervenir la régie dans le procès pendant au tribunal de première instance, à l'effet de demander l'annullation de l'adjudication du 22 octobre 1793.

Le commissaire du pouvoir exécutif près du Tribunal, répondit au Ministre que le jugement du procès principal ne pouvoit être retardé sous prétexte de l'intervention projetée, parce que la cause étoit urgente, et que d'ailleurs les droits de la nation n'en souffriroient pas : attendu qu'elle n'étoit pas partie dans la cause, que le jugement ne pourroit lui être opposé, et qu'elle seroit toujours à temps de provoquer l'éviction des détenteurs (5 floréal an 4, 24 avril 1796).

Il étoit évident que la régie étoit non recevable dans la forme de son intervention, et qu'elle auroit dû, si elle s'étoit regardée comme contradicteur légitime, attaquer l'adjudication subreptice par action principale et séparée. Le jugement du Tribunal fut libellé dans ce sens.

Le Ministre des Finances reconnoissant l'inutilité de l'intervention, se borna à demander à la régie de réunir les pièces et les informations, avec lesquelles on pourroit appuyer l'action à intenter directement contre les détenteurs d'une propriété, qui dans le droit n'avoit pas cessé d'appartenir à l'Etat.

A l'époque où nous sommes arrivés, l'attention du Gouvernement étoit sans cesse distraite par les agitations de l'intérieur, par les guerres du dehors, et sur-tout par ses propres périls. Dans un tel état de choses, il ne pouvoit y avoir nulle fixité dans les résolutions, nulle suite dans les affaires. Tout étoit précaire et flottant. L'administration, esclave des circonstances, n'avoit point de marche assurée, et la dissolution prochaine du Gouvernement directorial s'annonçoit par des symptômes qui devenoient de jour en jour plus apparens ; enfin il s'écroula, le 18 brumaire, et fit place au Gouvernement consulaire.

Dès la première année de son avénement au consulat, Bonaparte voulant régler l'administration du Théâtre Français, prit (le 23 thermidor an 8, 1800)', un arrêté par lequel il ordonnoit l'acquisition de la salle de spectacle du Palais-Royal, de ses dépendances et de son mobilier. Le nouveau Ministre de l'Intérieur, Lucien Bonaparte, alloit procéder à cette acquisition, lorsqu'il fut informé par le Ministre des Finances de l'illégalité de la vente qui en avoit été faite par les Mandataires, en sorte que, dès le 12 fructidor an 8, il fit commencer les recherches nécessaires pour la constater.

L'attention du Gouvernement paroît encore avoir été détournée de cet objet par de plus grands intérêts. Toutefois les recherches furent continuées, tant sous le ministère de Lucien Bonaparte, que sous celui de M. Chaptal, qui lui succéda.

Les comédiens sociétaires, alarmés de ces recherches, certains que la nullité du contrat primitif de vente de l'immeuble dont ils étoient détenteurs, ne pouvoit manquer d'être reconnue, et redoutant l'éviction, se déterminèrent de nouveau à avoir recours au sieur Jullien ; ils se réunirent à lui dans l'espoir de parvenir, par cette réunion, à écarter le danger qui menaçoit les anciens comme les nouveaux détenteurs. Ils y ont en effet réussi momentanément; mais, ni cette réunion, ni ce succès momentané, n'ont pu donner, à leur titre de propriété, la légalité qui lui manquoit.

Le sieur Jullien se hâta de profiter des embarras et des craintes des sociétaires pour réveiller ce qu'il nommoit ses anciens droits, qui avoient sommeillé pendant près de sept ans, et il s'occupa immédiatement de faire renoncer les sociétaires à leurs prétentions sur l'immeuble, par une transaction qu'ils ne pussent, à l'avenir, ni rompre ni éluder. Il parvint à conclure cette transaction avec eux le 1er prairial an 10 (21 mai 1802). Dès qu'il n'eut plus rien à craindre de leur part, dans la vue de rester, pour son propre compte, en possession de l'immeuble qu'ils ne pouvoient plus entreprendre de conserver, il s'attacha à dégoûter le Gouvernement des poursuites qu'il venoit de recommencer.

Avant cette époque., il s'étoit présenté comme propriétaire du Théâtre Français; il offroit même de traiter avec le Ministre des Finances, pour la vente de la salle de spectacle. Ces offres ne paroissent pas avoir été sincères; mais ce qu'il avoit de mieux à faire dans la nouvelle position où il se trouvoit, étoit de sonder le terrain, et de tâcher de connoître ce qu'il avoit à craindre ou à espérer de la part du Gouvernement. En même temps il prenoit le rôle d'agresseur, pensant qu'un air et un ton d'assurance imposeroient plus facilement à l'autorité. Il fit assigner la régie (29 germinal an 9), pour la faire déclarer non-recevable dans les conclusions qu'elle avoit originairement prises contre lui en nullité de la vente du Théâtre. La régie, qui n'avoit point qualité pour défendre (car dans cette action le Préfet du département étoit, d'après les lois, le contradicteur légitime), autorisa son avoué à déclarer : « Que la régie n'est pas dans l'intention de donner suite à la demande en nullité, de la vente du Théâtre, et qu'elle consent qu'elle soit déclarée non-avenue.

5

D'après la déclaration de la régie, la question de la propriété ne pouvoit être, et ne fut point débattue contradictoirement; il intervint un arrêt d'expédient, qui donne acte au sieur Jullien de la déclaration faite par les régisseurs des biens nationaux, qu'ils n'entendent point insister sur la demande par eux formée originairement contre le citoyen Prévost, à fin de nullité de la vente du Théâtre de la République, faite par les citoyens Gaillard et Fauchard Grandmesnil audit Prévost, son command; en conséquence, la vente, considérée comme un contrat ordinaire, et non comme vente nationale, est maintenue, et le sieur Jullien, reconnu propriétaire possesseur incommutable.

L'issue de ce procès, où l'Etat n'avoit point été représenté par un défenseur légitime, inspira une nouvelle confiance au sieur Jullien. Il fit des actes de propriété, et porta si haut ses prétentions, que le Gouvernement, dont le système de finances ne reposoit pas encore sur des bases solides, renonça au projet d'acquisition du Théâtre Français.

Un arrêté du Ministre de l'Intérieur éleva de nouveau la contestation sur la propriété même du Théâtre, chargea encore la régie de vérifier la légitimité des titres de Jullien, et le Préfet de la Seine de soutenir les droits de l'Etat devant l'autorité compétente (7 floréal an 11).

En communiquant cet arrêté au Ministre des Finances, le Ministre de l'Intérieur lui écrit : « L'abus que Jullien fait de ses prétendus droits de propriété m'a forcé de faire revivre une discussion sur la propriété même qui a été renouvelée à diverses reprises, *mais qui est toujours restée indécise.* » A cette communication étoit jointe une note du Garde des archives, constatant que la Salle des Français est entièrement construite sur un terrain dépendant de l'apanage et conséquemment du domaine de l'Etat.

Enfin, le 19 prairial an 11, le Ministre de l'Intérieur écrit de nouveau au Ministre des Finances. Il rappelle son arrêté du 7 floréal précédent, et l'engage à suspendre les recherches, *quant à présent,* mais sans entendre déroger aux droits de la République.

On cherche les causes de l'inactivité du Gouvernement depuis cette époque, et on les trouve clairement indiquées dans une lettre du Ministre des Finances à la régie, lettre qui n'a pas besoin de commentaire. « Cette action même en cas de succès, » dit le Ministre, ne produiroit aucun effet utile à la République ; » vous devez donc vous en abstenir et laisser les choses dans » leur état primitif. »

Il est évident, d'après ces expressions, que les divers Gouvernemens qui se sont succédés jusqu'à la Restauration, n'ont jamais été éclairés sur la valeur de l'objet illégalement aliéné, ou peut-être même sur la nature du titre de propriété.

Sous un Gouvernement constitutionnel, lorsque le règne des lois est établi, le véritable intérêt public est que toute contestation soit soumise à l'examen de la Justice. Que tout ce qui est consacré par les lois soit respecté : telle est l'intention de la Charte, tel est le vœu de la nation, tel est l'intérêt de tous, celui du Prince comme du plus obscur citoyen. S. A. S. Mgr. le duc d'Orléans, rentré dans les propriétés non vendues de sa Maison, dans les droits et actions qui résultent de ces propriétés, donne, par son action même, l'exemple de l'obéissance aux lois et du respect pour la Charte.

Ce devoir imposé à tous les Français a été constamment la règle de sa conduite. Des maisons qui faisoient partie de l'apanage ont été aliénées avec les formes prescrites pour la vente des domaines nationaux. Jamais il n'a élevé le moindre doute sur la légalité de ces aliénations, sur la légitimité de la possession. Le principe de l'inviolabilité des ventes nationales est sacré à ses

5 *

yeux. Il le considère comme la sauve-garde de toute propriété, comme la garantie de l'ordre public.

Mais, en même temps qu'il respecte ce qui est légitime, il se doit à lui-même, il doit à ses enfans, il doit à l'Etat de revendiquer, par les voies légales, ce qui n'a jamais été aliéné, ce qui n'a pu être aliéné que par l'Etat lui-même. C'est en vain qu'on s'efforceroit de tromper l'opinion publique. Jamais on ne confondra une adjudication particulière avec une vente nationale. Il sera toujours permis de soumettre cette adjudication à l'examen de la Justice ; et s'il est prouvé qu'elle est le résultat de la fraude, elle subira le même sort que tous les actes frauduleux.

Que le sieur Jullien n'accuse que lui-même de la position où il se trouve, en défendant un acte vicieux dont le vice n'a jamais été couvert. On lui a fait des offres avantageuses, on a consenti à lui rembourser ce qu'il justifieroit avoir réellement payé. Encore tout fier de quelques succès faciles obtenus sous des Gouvernemens auxquels on a toujours eu soin de dissimuler les faits, et qui n'ont jamais connu l'état de la question, il s'est refusé à tout accommodement raisonnable. La générosité vouloit traiter avec lui, maintenant c'est à la Justice à prononcer.

En revenant sur la série des faits que nous venons d'exposer, on s'aperçoit aisément que le sieur Jullien espère cacher le vice de son titre à l'abri de l'arrêté du comité des Finances du 28 vendémiaire an IV, et de l'arrêt d'expédient du 14 prairial an IX.

Quant à l'arrêté du comité, nous avons établi victorieusement, qu'il n'étoit qu'une simple mesure administrative, laquelle n'avoit aucune autorité comme acte législatif. Or, comme nous l'avons déjà dit, une loi seule pouvoit abroger une loi. Quant au jugement d'expédient, c'est la plus futile de toutes les fins de

non-recevoir qu'on pourra opposer au droit incontestable de
S. A. S.

En retirant son intervention , la régie n'a pu enlever à l'Etat
le droit de défense et de contradiction. Ici le Préfet du département étoit , d'après les lois , le défenseur légitime des droits de
l'Etat.

« L'Etat ne se défend pas par lui-même non plus que les
» mineurs , il a des défenseurs d'un ordre différent. Si des défen-
» seurs qui n'ont qu'un pouvoir borné et limité à une certaine na-
» ture d'affaires, entreprennent de défendre l'Etat dans des matières
» qui ne sont pas de leur ministère, tout ce qu'ils font n'est pas plus
» valable que ce qui se fait avec un tuteur particulier, hors des cas
» pour lesquels il a été originairement nommé tuteur. »

Ces dernières réflexions appartiennent à un illustre Chancelier,
l'un des oracles du Barreau français.

« En vain, ajoute d'Aguesseau, une partie imprudente et mal
» instruite de l'ordre public, obtient des condamnations réitérées
» contre un défenseur sans pouvoir et sans caractère ; toutes ces
» condamnations s'évanouissent lorsque le véritable défenseur
» commence à paroître , et l'on ne doit pas y avoir plus d'égard
» que si elles n'avoient jamais été rendues, parce qu'en un mot,
» l'Etat non plus que les mineurs ne peut être regardé comme
» ayant été partie que lorsqu'il l'a été par son défenseur légi-
» time. »

Observons, que dans le procès terminé par le jugement d'expédient dont il est question , c'est le sieur Jullien lui-même qui
prend l'initiative , qui choisit sa partie , c'est-à-dire qui choisit
lui-même le défenseur de l'Etat, comme si la loi ne l'avoit pas
expressément désigné. Aussi la régie s'est-elle retirée de la con-

testation. Voilà donc un jugement rendu dans une question qui intéresse l'Etat, sans que l'Etat ait été défendu. On dira peut-être que le laps de temps a mis cet arrêt hors d'atteinte.

Nous répondrons encore avec d'Aguesseau : « Dans quelle ma-
» tière veut-on faire valoir le privilége du temps. C'est précisé-
» ment dans celle où ce privilége cesse absolument, et où les
» anciennes et les nouvelles lois déclarent également que la plus
» longue possession est inutile. Ce seroit donner trop d'avantage à
» une procédure faite contre l'Etat sans aucun contradicteur légi-
» time, que de prétendre qu'elle pourroit servir de fondement à
» une prescription inconnue ou plutôt condamnée par nos lois
» dans tout ce qui intéresse le domaine de la Couronne. »

Après avoir constaté les faits de la cause, et résolu sommaire-ment les questions qu'elle présente, nous sommes revenus, comme nous l'avons annoncé, au point d'où nous sommes partis ; nous retrouvons une propriété qui a été distraite illégalement du domaine de l'Etat, mais qui n'a jamais cessé de lui appartenir. Cette distraction frauduleuse a été suivie d'une vente privée qui est nulle dans son principe, puisque la chose vendue ne pouvoit être aliénée.

L'ordonnance du 18 mai 1814 porte, « que le Palais-Royal et ses *dépendances* seront rendus à S. A. S. Mgr le duc d'Orléans. » Le Théâtre Français est une de ces dépendances. Aucune loi, aucun acte des Gouvernemens qui ont exercé le pouvoir jusqu'à la restauration, n'a autorisé, ni confirmé l'aliénation de cette partie de l'apanage. Ils ont même, à diverses époques, protesté contre l'usurpation. L'adjudication qui en a été faite avant la mort de Louis-Philippe-Joseph duc d'Orléans, avant la confiscation de ses biens patrimoniaux, et la réunion de son apanage au domaine de l'Etat, n'a point été faite au nom et au profit de la Nation, mais au nom de quelques mandataires sans pouvoirs, et au profit de quelques individus. Présenter une telle opération comme une vente nationale, est une absurdité à laquelle il eût été difficile de s'attendre, si une longue et douloureuse expérience ne fournissoit pas autant d'exemples des insinuations calomnieuses et des accusations absurdes, auxquelles il n'est que trop commun qu'on ait recours, quand on ne voit plus d'autre moyen d'arriver à son but, sur-tout lorsque la calomnie qu'on cherche à propager est de nature à faire un tort irréparable à celui contre qui elle est dirigée, si on parvenoit à l'accréditer dans le public.

Dans un tel état de choses, S. A. S. Mgr le duc d'Orléans, responsable à l'Etat de l'administration de son apanage, a pris le parti qu'il lui convenoit de prendre. Éclairé par de sages conseils sur la nature de ses droits, le Prince a fait au détenteur illégitime des propositions qui n'ont point été acceptées. Aujourd'hui, convaincu que les voies de conciliation sont impraticables, méprisant de vaines rumeurs, il se présente avec confiance devant les interprètes des lois. Il demande à la Justice un appui qu'elle doit à tous; bien sûr qu'une discussion publique, devant des Magistrats pleins de lumières et d'intégrité, démentira de perfides suggestions, et prouvera qu'en réclamant un droit qui lui est commun avec l'Etat, cette réclamation ne porte aucune atteinte à son inaltérable attachement aux lois constitutionnelles, protectrices de tous les droits.

JAY, *Avocat.*

DUPIN, *Avocat plaidant.*

DE NORMANDIE, *Avoué.*

M. BOURGUIGNON, *Avocat du Roi.*

De l'Imprimerie de DEMONVILLE, rue Christine n°. 2.